Narrativa del Acantilado, 21
CARTA DE
UNA DESCONOCIDA

STEFAN ZWEIG

CARTA DE
UNA DESCONOCIDA

TRADUCCIÓN DEL ALEMÁN
DE BERTA CONILL

BARCELONA 2002 | ACANTILADO

TÍTULO ORIGINAL *Brief einer Unbekannten*

Publicado por
ACANTILADO
Quaderns Crema, S. A.

Muntaner, 462 - 08006 Barcelona
Tel. 934 144 906 - Fax. 934 636 956
correo@acantilado.es
www.acantilado.es

En la cubierta, fragmento de un óleo
de Román Ribera Cirera

ISBN: 978-84-95359-47-6
DEPÓSITO LEGAL: B. 39 967-2010

AIGUADEVIDRE *Gráfica*
QUADERNS CREMA *Composición*
ROMANYÀ-VALLS *Impresión y encuadernación*

VIGESIMOPRIMERA REIMPRESIÓN *febrero de 2023*
PRIMERA EDICIÓN *enero de 2002*

Cuando por la mañana temprano el famoso novelista R. regresó a Viena después de una refrescante salida de tres días a la montaña, decidió comprar el periódico. Al pasar la vista por encima de la fecha, recordó que era su cumpleaños. Cuarenta y uno, se dijo, pero esta constatación no le agradaba ni le desagradaba. Echó un vistazo a las crujientes páginas del periódico y se fue a su casa en un coche de alquiler. El mayordomo le informó de dos visitas y de algunas llamadas recibidas durante su ausencia, y le entregó el correo acumulado en una bandeja. Él lo examinó con indolencia y abrió un par de sobres cuyos remitentes le interesaron; vio una carta con caligrafía desconocida y apariencia demasiado voluminosa que, en un principio, dejó de lado. Entretanto le sirvieron el té. Se reclinó cómodamente en la butaca, hojeó el periódico y algunos folletos. Después encendió un cigarro y cogió la carta a la que no había prestado atención.

Era un pliego de unos veinticinco folios escritos precipitadamente con letra femenina, desconocida y nerviosa; más que una carta parecía un manuscrito. Palpó de nuevo el sobre, instintivamente, por si encontraba alguna nota aclaratoria. Estaba vacío. En él no había más que aquellas hojas; ni la dirección del remitente ni tan siquiera una firma. Qué extraño, pensó, y cogió nuevamente la carta. «A ti, que nunca me has conocido», ponía como encabezamiento, como si fuera un título.

Perplejo, se planteó: ¿Iba esto dirigido a él o a una persona imaginaria? De pronto se despertó su curiosidad, y empezó a leer:

Mi hijo murió ayer. Durante tres días y tres noches he tenido que luchar con la muerte que rondaba a esa pequeña y frágil vida. Permanecí sentada al lado de su cama cuarenta horas, mientras la gripe agitaba su pobre cuerpo ardiente. Sostuve paños fríos sobre su hirviente sien y, día y noche, sujeté sus intranquilas manos. La tercera noche me derrumbé. Mis ojos ya no podían más, se me cerraban sin darme cuenta. Estuve durmiendo tres o cuatro horas en el duro asiento y, entretanto, se lo llevó la muerte. Ahora, pobrecito, está aquí tendido, mi querido niño, en su estrecha cama, igual que en el momento de morir; sólo le han cerrado los ojos, sus ojos oscuros e inteligentes; le han cruzado los brazos encima de la camisa blanca, y queman cuatro cirios en los cuatro extremos de su cama. No me atrevo a mirar, no me atrevo a moverme porque, cuando oscilan, los cirios deslizan sigilosamente sombras sobre su rostro y su boca cerrada, y es como si sus facciones cobraran vida y yo pudiera pensar que no está muerto, que volverá a despertarse y con su voz clara me dirá alguna chiquillada. Pero sé que está muerto y no quiero volver a mirarlo para no volver a tener esperanzas, no quiero engañarme otra vez. Lo sé, lo sé, mi hijo murió ayer. Ahora sólo te tengo a ti en el mundo, sólo a ti, que no sabes nada de mí, que juegas o coqueteas con personas y cosas, sin sospechar nada. Sólo a ti, que nunca me has conocido pero al que siempre he querido.

He cogido el quinto cirio y lo he puesto aquí, en la mesa desde donde te escribo. Porque no puedo estar a solas con mi hijo muerto sin que se me desgarre el alma. ¿A quién podría hablarle, en esta terrible hora, sino a ti, que fuiste y eres todo para mí? Quizá no pueda hablarte de una forma muy clara, quizá no me entiendas. Tengo la cabeza embotada, se me contraen las sienes y siento martillazos, las extremidades me duelen tanto... Creo que tengo fiebre, quizás incluso tenga la gripe, que ahora va de puerta en puerta. Eso estaría bien porque me iría con mi hijo y no tendría que hacerme ningún daño. A veces se me oscurece la vista, y quizá no pueda acabar de escribir esta carta, pero quiero reunir todas mis fuerzas para, por una vez, sólo esta vez, hablarte a ti, amor mío, que nunca me conociste.

Sólo quiero hablar contigo, decírtelo todo por primera vez. Tendrías que conocer toda mi vida, que siempre fue la tuya aunque nunca lo supiste. Pero sólo tú conocerás mi secreto, cuando esté muerta y ya no tengas que darme una respuesta; cuando esto que ahora me sacude con escalofríos sea de verdad el final. En el caso de que siguiera viviendo, rompería esta carta y continuaría en silencio, igual que siempre. Si sostienes esta carta en tus manos, sabrás que una muerta te está explicando aquí su vida, una vida que fue siempre la tuya desde la primera hasta la última hora. No te inquietes por mis palabras; una muerta ya no quiere nada, no quiere ni amor ni compasión ni consuelo. Sólo quiero una cosa de ti, que creas todo lo que te confiesa mi dolor, un dolor que sólo busca amparo en ti. Lo único que te pido es eso, que creas todo lo que te cuento: uno no miente en la hora de la muerte de su único hijo.

Quiero descubrirte toda mi vida, la verdadera, que empezó el día en que te conocí. Antes había sido sólo algo turbio y confuso, una época en la que mi memoria nunca ha vuelto a sumergirse. Debía de ser como un sótano polvoriento, lleno de cosas y personas cubiertas de telarañas, tan confusas, que mi corazón las ha olvidado. Cuando llegaste, yo tenía trece años y vivía en el mismo edificio donde tú vives ahora, en el mismo edificio donde estás leyendo esta carta, mi último aliento de vida. Vivía en el mismo rellano, frente a tu puerta. Juraría que ya ni te acuerdas de nosotros, de la pobre viuda de un funcionario administrativo (iba siempre de luto) y de su escuálida hija adolescente. Era como si nos hubiéramos ido hundiendo en una miseria pequeñoburguesa. Quizá no has oído nunca nuestros nombres porque, además de no tener ninguna placa en la puerta, nadie venía a vernos, nadie preguntaba por nosotros. Hace ya tanto tiempo de aquello, quince o dieciséis años; no, seguro que no te acuerdas, querido. Pero yo, ¡oh!, recuerdo cada detalle con fervor; recuerdo como si fuese hoy el día, no, la hora en que oí hablar de ti por primera vez y cuando por primera vez te vi. Y cómo no habría de recordarlo, si fue entonces cuando el mundo empezó a existir para mí. Permíteme, querido, que te lo cuente todo desde el principio. Espero que no te canses durante este cuarto de hora en que vas a oír hablar de mí, igual que yo no me he cansado de ti a lo largo de mi vida.

Antes de que te mudaras a nuestra casa, vivía detrás de tu puerta una gente desagradable y malvada, de talante violento. Siendo pobres como eran, lo que más odiaban era la pobreza de sus vecinos, la nuestra, porque no queríamos tener nada que ver con la tosca brutalidad proletaria. El hombre era un borracho y pegaba a su mujer. A menudo nos despertábamos durante la noche por el estruendo de sillas caídas o platos rotos. Una vez la esposa llegó a correr por las escaleras con la cabeza sangrienta y el cabello revuelto, seguida de su marido, borracho, hasta que la gente salió de sus casas. Lo amenazaron con llamar a la policía. Mi madre, ya desde un principio, había evitado cualquier tipo de relación con ellos y me prohibió hablar con sus hijos, quienes aprovechaban cualquier oportunidad para resarcirse conmigo. Cuando me encontraban por la calle me insultaban, incluso llegaron a lanzarme una bola de nieve tan apretada que me empezó a sangrar la frente. Todos los vecinos sentían hacia ellos un odio instintivo, y cuando de pronto sucedió algo—creo que encerraron al hombre por robo—y tuvieron que mudarse, pudimos respirar tranquilos. En el portal estuvo colgado un par de días un cartel de «Casa en alquiler». Fue retirado unos días más tarde y, a través del portero, se extendió el rumor de que un escritor, un hombre tranquilo y solitario, había alquilado el piso. Así fue como oí tu nombre por primera vez.

Unos días después vinieron unos pintores, unos tapiceros y una brigada de limpieza para quitar todo lo que los antiguos inquilinos habían dejado en el piso. Empezaron a dar martillazos, a picar, a limpiar y a rascar, pero mi madre estaba contenta porque, según decía, aquello era el fin de ese sucio desorden. No te llegué a ver durante la mudanza: todos estos trabajos los supervisaba tu mayordomo, ese mayordomo señorial de pelo gris, pequeño y serio, que lo dirigía todo con aire de entendido, silencioso y preciso. Eso nos impresionaba mucho a todos; primero porque tener un mayordomo de tanta categoría en nuestra vecindad era algo completamente nuevo y, después, porque era muy atento con todos, aunque mantenía cierta distancia respecto al servicio doméstico o a entablar conversaciones amistosas. Desde el primer día saludó a mi madre respetuosamente, como a una dama, e incluso conmigo, la chiquilla, se mostraba amable y educado. Cuando te nombraba, lo hacía siempre con cierta veneración, con un respeto singular—se veía enseguida que sus sentimientos eran más que los de un fiel servidor—. Y por eso lo quise tanto al viejo Johann, aunque envidiaba que pudiera estar siempre a tu alrededor, sirviéndote.

Te explico todo esto, querido, todas estas pequeñas, casi ridículas cosas, para que entiendas el poder que tenías sobre mí, aquella tímida y asustadiza niña. Ya antes de entrar en mi vida, un halo nimbaba tu persona. Estabas rodeado de una atmósfera de lujo, de maravilla y misterio. Todos los vecinos de aquella casa humilde (la gente que tiene una vida opaca siempre curiosea todo lo que pasa más allá de su puerta) esperábamos impacientes tu llegada. Y, en mi caso, esa curiosidad aumentó cuando un mediodía, al llegar del colegio, vi el camión de mudanzas delante de casa. La mayor parte del mobiliario, las piezas más pesadas, ya las habían subido los mozos. Ahora sólo se llevaban cosas pequeñas hacia arriba. Me quedé de pie en la puerta para poder admirarlo todo. Tus cosas eran muy especiales, tanto que nunca antes había visto nada igual: había fetiches indios, esculturas italianas, grandes y deslumbrantes cuadros. Finalmente vinieron los libros, tantos y tan bonitos que nunca hubiera imaginado que pudieran existir. Los iban apilando en la puerta, los cogía el mayordomo, uno por uno, y les quitaba el polvo con cuidado. Me acerqué sigilosamente para contemplar cómo iba creciendo la pila. Tu criado no me echó, pero tampoco me animó a quedarme allí. No me atreví a tocar nada, aunque me hubiese gustado acariciar el suave cuero de algunas cubiertas. Miré alguno de los títulos tímidamente: algunos eran ingleses o franceses, y otros en idiomas que no entendía. Creo que los hubiese podido estar mirando durante horas, pero mi madre me llamó.

En toda la noche no pude pensar sino en ti, aun antes de conocerte. Yo sólo tenía una docena de libros baratos, encuadernados con cartones rotos, y los quería más que a nada en el mundo, los leía una y otra vez. Y ahora me asediaba la pregunta de cómo sería el hombre que poseía y había leído tantos y tan maravillosos libros. Tenía que ser un hombre muy rico y culto para dominar tantos idiomas. Se me despertaba una especie de etérea veneración al pensar en todos esos libros. Traté de imaginarte: eras un señor con gafas y una larga barba blanca, parecido a mi profesor de geografía, sólo que más benévolo, más guapo y más cortés. No sé por qué estaba tan convencida de que tenías que ser guapo, aun creyéndote un hombre mayor. Esa misma noche, y aún sin conocerte, soñé por primera vez contigo.

Al día siguiente te instalaste, pero, por mucho que estuve espiando, no te pude ver el rostro. Esto aumentaba mi curiosidad. Finalmente, al tercer día te vi y la sorpresa fue conmovedora. Eras tan distinto, con tan poca semejanza a mi imagen infantil de un dios paternal... Había soñado con un viejo bonachón y con gafas, pero llegaste tú, con el mismo aspecto que tienes ahora, un hombre que no cambia, para el que los años no pasan. Vestías un encantador traje deportivo marrón claro y subías la escalera de dos en dos, con tu juvenil e incomparable estilo. El sombrero lo llevabas en la mano, por lo que, con indescriptible sorpresa, pude ver tu radiante y despierto rostro y tu cabello lleno de vida. Me asusté de lo joven, guapo, esbelto y elegante que eras. Es extraño que en ese primer segundo pudiera descubrir eso que en ti me sorprende y sorprende a los demás. Vi que eras dos personas en una: un joven ardiente, impulsivo y aventurero, y, al mismo tiempo, en tu

13

arte, un hombre enormemente serio, responsable y cultivado. Sin darme cuenta percibí algo que después vieron todos, que llevabas una doble vida, una vida con una superficie abierta al mundo y otra en la sombra, que sólo tú conocías. Esta profunda ambigüedad, el misterio de tu existencia, me atrajo desde el primer momento, cuando sólo tenía trece años.

¿Entiendes ahora, amor mío, qué maravilla, qué enigma más seductor debiste resultarle a aquella niña? Descubrí que esa persona a la que tanto se respetaba por haber escrito libros, por ser famoso en ese otro mundo, era un joven animoso y elegante de veinticinco años. No necesito decirte que desde aquel día, en nuestra casa, en mi pequeño mundo infantil, lo único que me interesó fuiste tú. Mi vida giraba alrededor de la tuya, tu vida me preocupaba con toda la insistencia, la obsesiva obstinación de una niña de trece años. Te observaba, vigilaba tus costumbres y la gente que venía a verte, y todo ello, lejos de disminuirla, aumentaba la curiosidad que sentía por ti. Esta dualidad tuya se expresaba claramente en la variedad de tus visitantes. Venían personas jóvenes, descuidados estudiantes amigos tuyos con los que te reías y divertías. Después estaban las damas que llegaban en coche. Alguna vez el director de la Ópera y el gran director de orquesta—aquel al que tenía respeto sólo con verlo de lejos en la tarima—. También se escabullían por tu puerta algunas muchachas jóvenes, estudiantes de la Escuela de Comercio. En fin, muchas y muchas mujeres. Yo nunca me preocupé por todo eso, ni siquiera cuando una mañana, al ir al colegio, vi salir a una dama cubierta de espesos velos. Yo sólo tenía trece años, y no sabía que la curiosidad especial con la que te miraba y espiaba se llamaba amor.

Pero todavía recuerdo perfectamente el día y la hora exacta en que te entregué mi corazón para siempre. Había salido a dar un paseo con una amiga del colegio y estábamos charlando en el portal. Llegó un coche, se paró, y de él saliste tú de ese modo impaciente y espontáneo que todavía hoy me enloquece. Viniste hacia la entrada. No sé qué me impulsó a abrirte la puerta y ponerme en tu camino, de modo que casi tropezamos. Me miraste con calidez, suavemente, y me sonreíste con ternura—sí, con ternura, no lo puedo describir de otra forma—. Me dijiste con una tenue y afable voz:

—Muchas gracias, señorita.

Eso fue todo, querido. Pero desde ese segundo, desde que sentí esa tierna y suave mirada, quedé a tu merced. Después comprendí que esa mirada que atrae, que te envuelve y te desnuda a la vez, esa mirada de seductor consumado, era tu modo de mirar a todas las mujeres que se cruzaban en tu camino, a cualquier vendedora que te atendía, a cualquier criada que te abría la puerta. No eres consciente de la fuerza de esa mirada que tu ternura hacia las mujeres hace parecer más dulce y afectuosa en su insistencia. Pero yo, con trece años, no sospechaba nada de eso, vivía como sumergida en fuego. Creí que esa ternura sólo era para mí, para mí sola. Como adolescente, en un segundo, se despertó en mí la mujer que había de enamorarse de ti para siempre.

—¿Quién es él?—preguntó mi amiga.

No le pude responder al momento. Me resultaba imposible pronunciar tu nombre: en ese segundo, en ese único segundo, se convirtió en algo sagrado, en un secreto.

—Ah, un vecino de esta casa—tartamudeé de forma poco elegante.

—Pero ¿por qué te has puesto tan roja cuando te ha mirado?—se burlaba mi amiga con la malicia de una niña curiosa.

Y precisamente porque sentía que se reía de mi secreto, las mejillas se me sonrosaron todavía más. Contesté de un modo tosco por lo embarazoso de la situación.

—¡Tonta!—le dije con agresividad. Me hubiese gustado ahogarla, pero ella se reía aún más escandalosamente, con más ironía; yo sentí que los ojos se me llenaban de lágrimas por la rabia que me invadía y eché a correr por las escaleras, dejándola plantada en el portal.

Desde aquel momento te quise. Sé que muchas mujeres te lo han dicho a menudo, a ti, tan mal acostumbrado, pero créeme, ninguna te ha querido tan devotamente como yo, ninguna te ha sido tan fiel ni se ha olvidado tanto de sí misma como lo he hecho yo por ti. No hay nada en el mundo que sea equiparable al amor secreto de una niña que permanece en la penumbra y tiene pocas esperanzas. Es humilde y servil, tan receloso y apasionado como nunca puede serlo el amor inadvertidamente exigente y lleno de deseo de la mujer adulta. Sólo los niños solitarios pueden contener su pasión. Los otros hablan de sus sentimientos en grupo, se abren estimulados por la confianza y han oído hablar y han leído mucho sobre el amor; saben que es un destino común para todos. Juegan con él como con un juguete, presumen de él como los muchachos con su primer cigarrillo. Pero yo... yo no tenía a nadie en quien confiar, nadie me había instruido ni prevenido, ni tenía experiencia alguna. No sabía nada. Me entregué ciegamente a mi destino como quien se lanza a un abismo. Todo lo que crecía y florecía en mí se volcaba en ti, no dejaba de soñar contigo, mi único confidente. Mi padre hacía tiempo que había muerto, mi madre se me hacía extraña con su eterno abatimiento y sus escrúpulos de viuda pensionista; y las disolutas compañeras del colegio me repelían porque jugaban frívolamente con lo que a mí me llenaba de pasión. Por eso concentré en ti todo lo que en circunstancias normales se hace añicos y se dispersa. Te ofrecí todo mi haz de sentimientos y toda mi impaciente persona. Para mí eras…, ¿cómo explicártelo?, cualquier comparación sería pobre. Para mí lo eras todo, toda mi vida. Todo existía sólo si tenía relación contigo, toda mi vida sólo tenía sentido si se vinculaba a ti. Transformaste toda mi existencia. En el colegio pasé a ser la primera de la clase, en lugar de una alumna mediocre e indolente. Leía mil libros hasta altas horas de la madrugada porque sabía que tú los adorabas. De pronto, para asombro de mi madre, empecé a tocar el piano de forma obsesiva porque creía que amabas la música. Lavaba y cosía mi ropa sólo para parecerte pulcra y aseada. Me horrorizaba que mi viejo delantal del colegio (era una bata de mi madre transformada en delantal) tuviera un remiendo cuadrado a la izquierda. Temía que lo pudieras detectar y me despreciaras; por eso lo escondía siempre detrás de la cartera mientras subía las escaleras corriendo. ¡Qué ingenua! Tú apenas volviste a fijarte en mí, apenas me miraste otra vez.

Y con todo, yo no hacía otra cosa en todo el día que esperarte y espiarte. Nuestra puerta tenía una pequeña mirilla de latón, por cuyo agujero redondo se podía ver la puerta de tu casa. Esta mirilla—no, no te rías, querido; aún hoy, aún hoy no me avergüenzo de aquellas horas—era el ojo por el que yo veía el mundo. Allí, en el recibidor helado, temiendo las sospechas de mi madre, pasé muchos meses y años con un libro en la mano, tardes enteras al acecho, tensa como la cuerda de un violín que vibraba cuando tu presencia la rozaba. Siempre estaba a tu alrededor, siempre en tensión y movimiento, pero tú no podías advertirlo; era como la presión del muelle del reloj que llevas en el bolsillo, que pacientemente cuenta y mide tus horas a oscuras, que te acompaña en tu trayecto con palpitaciones inaudibles y sobre el cual tu mirada rápida se desliza solamente una vez en millones de segundos ininterrumpidos. Lo sabía todo sobre ti, conocía cada una de tus costumbres, cada corbata, cada traje; llegué a distinguir a todos tus conocidos y separé los que más me gustaban de los que me resultaban antipáticos. De los trece a los dieciséis años viví cada hora dentro de ti. Ah, ¡cuántas tonterías llegué a hacer! Besaba el picaporte de la puerta que había tocado tu mano, robaba las colillas de los cigarrillos que habías tirado antes de entrar; para mí eran sagradas porque habían tocado tus labios. Por la noche bajaba cien veces a la calle con cualquier pretexto para ver en cuál de tus ventanas había luz y sentir tu presencia invisible con mayor certeza. Las semanas que te ibas —siempre se me helaba el corazón cuando veía que el bueno de Johann bajaba tu bolsa amarilla de viaje—mi vida se detenía, no tenía sentido alguno. Iba arriba y abajo, de mal humor, aburrida, enojada, y siempre tenía que ir con cuidado para que mis ojos llorosos no revelaran mi desesperación a mamá.

Sé que todo esto que te cuento son exaltaciones ridículas, chiquilladas. Debería avergonzarme, pero no lo hago porque mi amor por ti nunca fue tan puro y tan apasionado como en aquellos excesos pueriles. Podría explicarte durante horas y días cómo vivía contigo por aquel entonces, aunque apenas conocías mi cara. Si me topaba contigo por las escaleras, y no había forma de evitarlo, el miedo a tu mirada ardiente me hacía pasar corriendo, cabizbaja, como el que se tira al agua, no fuera caso que el fuego me abrasase. Podría hablar durante horas y días de lo que para ti desapareció hace mucho tiempo, reconstruir el calendario de tu vida, pero no quiero aburrirte, no quiero atormentarte. Sólo te confiaré la experiencia más hermosa de aquellos años, y sólo te pido que no te burles de su insignificancia; para mí, tan niña, era un infinito. Debía de ser domingo. Tú estabas de viaje y tu sirviente, con la puerta del piso abierta, entraba las pesadas alfombras después de sacudirlas. Estaba sudando, pobrecito. En un ataque de valentía repentino fui a preguntarle si podía ayudarle. Se sorprendió, pero me dejó echarle una mano y así pude ver el interior de tu piso—no te puedes imaginar con qué respeto, con qué devoción—: tu mundo, el escritorio donde trabajabas con un jarrón de cristal azul, tus armarios, tus cuadros, tus libros. Sólo di una ojeada fugaz, como un ladrón, en tu vida, porque seguro que el fiel Johann no me hubiese permitido contemplarlo todo con tranquilidad. Aun así, con una sola mirada fui capaz de absorber toda aquella atmósfera y tuve alimento para soñarte siempre, despierta y dormida.

Ese momento, ese instante tan breve, fue el más feliz de mi niñez. Te lo quería explicar para que tú, que no me conoces, empezaras a ser mínimamente consciente de cómo una vida dependía de ti y en ti se sustentaba. Quería explicarte este y también otro momento, que fue el más terrible y que, por desgracia, no llegó mucho después que el primero. Como te iba diciendo, me había olvidado de todo por estar tan pendiente de ti, no hacía caso a mi madre ni me preocupaba por nadie. No me di cuenta de que un hombre mayor, un comerciante de Innsbruck, pariente lejano de mi madre, venía a menudo a casa y llevaba a mi madre al teatro, de modo que me quedaba sola y podía pensar en ti, espiarte: el no va más de mi felicidad, lo único que me interesaba. Un día mi madre me llamó con cierta formalidad para que fuera a su habitación; quería hablar conmigo seriamente. Empalidecí y oí cómo mi corazón latía con fuerza: ¿sospechaba algo? Mi primer pensamiento fuiste tú, el secreto que me unía al mundo. Pero mi madre también estaba confusa. Me besó (cosa que no hacía nunca) afectuosamente en ambas mejillas, me hizo sentar en el sofá, a su lado, y empezó a titubear, diciéndome que su pariente, también viudo, le había propuesto que se casara con él y que ella pretendía aceptar, más que nada por mí. La sangre empezó a hervirme en el corazón: sólo un pensamiento bullía en mi interior, tú.

—Pero ¿nos vamos a quedar aquí?—pude balbucear.

—No, nos mudamos a Innsbruck, Ferdinand tiene allí una casa muy bonita.

No escuché nada más, no veía nada, todo había quedado a oscuras. Después supe que me había desmayado. Al parecer—según oí que le contaba mi madre a mi padrastro, quien se había quedado esperando detrás de la puerta de la habitación—yo había empezado a retroceder con las manos abiertas y me había desplomado en el suelo. Lo que pasó en los días siguientes, cómo me resistí, siendo una criatura débil, a la imposición de sus deseos, no te lo puedo explicar: sólo de pensarlo me tiemblan las manos al escribir. No podía desvelar mi verdadero secreto, así que mi resistencia parecía sólo tozudez, maldad y obstinación. Nadie más habló conmigo, todo sucedió a mis espaldas. Aprovechaban las horas que estaba en el colegio para preparar el traslado, y cuando volvía encontraba otro mueble desmontado o que había sido vendido. Veía cómo se desintegraba el piso y, con él, mi vida. Un día, al regresar a la hora de comer a casa, vi que un camión de mudanzas había venido para llevárselo todo. En las habitaciones vacías quedaban las maletas hechas y dos camas plegables. Mamá y yo íbamos a pasar una noche, la última allí, porque, a la mañana siguiente, partiríamos hacia Innsbruck.

Aquel último día sentí con certeza, firmemente, que no podía vivir lejos de ti. Eras mi única salvación. Nunca podré precisar cómo me imaginaba todo aquello o si era suficientemente capaz de pensar con claridad durante aquellas horas de desconsuelo. Sólo sé que me puse en pie—mi madre había salido—para caminar hacia tu casa tal como iba vestida, con el uniforme de la escuela. No, no caminaba, me desplazaba con las piernas rígidas, con las articulaciones temblorosas me arrastraba como atraída magnéticamente hacia tu puerta. Ya te he dicho que no sé muy bien lo que quería; quizá caer a tus pies y suplicarte que me acogieras como si fuera una criada, como una esclava. Temo que te vas a reír del inocente fanatismo de una muchacha de quince años, pero no te reirías, querido, si supieras cuánto tiempo permanecí allí afuera, en el rellano helado, rígida por el miedo pero como atraída por un poder de difícil comprensión; si supieras cómo conseguí que el brazo tembloroso se me despegara algo del cuerpo, que se levantara—fue toda una batalla en una angustiosa eternidad de segundos—para que mi dedo pulsase el timbre de tu puerta. Esa llamada estridente, que contrastaba con el silencio que le siguió, cuando mi corazón y mi sangre se detuvieron, aún hoy me traspasa los oídos, entonces sólo pendientes de si abrías la puerta.

Pero tú no apareciste. Nadie vino a abrir la puerta. Probablemente habías salido esa tarde, y Johann quizás estaba comprando. A oscuras, y aún con el sonido del timbre retumbando en mis oídos, volví a nuestro piso sin muebles, vacío, y me dejé caer encima de una manta de viaje, exhausta, como si hubiese estado durante horas con una profunda capa de nieve bajo mis pies. Pero, por debajo de ese cansancio, me quemaba la determinación inagotable de verte, de hablar contigo antes de que se me llevaran. No era un pensamiento sensual, porque aún era inexperta. Sólo podía pensar en ti: sólo quería verte, verte aún otra vez y pegarme a ti. Toda la noche, toda esa larga y espantosa noche, querido, estuve esperándote. En cuanto mamá se tumbó en la cama y se quedó dormida, me acerqué de puntillas al recibidor para escuchar a través de la puerta y saber en qué momento regresabas a casa. Estuve esperando toda la noche, aunque era una noche gélida de enero. Estaba cansada, tenía el cuerpo dolorido y ya no quedaban butacas donde sentarse, de modo que opté por tumbarme en el suelo frío, aunque me llegaba una corriente de aire por debajo de la puerta. Estaba solamente con un fino camisón sobre el suelo helado, que me hacía daño porque no me abrigaba ninguna manta. No quería sentir calor por miedo a dormirme y no oír tus pasos. Tenía calambres en los pies y los brazos me temblaban. Tenía que levantarme continuamente por el frío que hacía en esa horrible oscuridad. Pero esperé, esperé y te esperé como si estuviese esperando mi destino.

Finalmente—debían de ser las dos o las tres de la madrugada—oí que abajo se abría la puerta principal y justo después unos pasos de alguien que estaba subiendo las escaleras. Se me pasó el frío de golpe, me entró una calentura inesperada. Abrí nuestra puerta sigilosamente, dispuesta a precipitarme encima de ti para caer a tus pies... ¡Ah, no sé qué hubiese hecho en aquel momento, loca de mí! Los pasos se acercaban, la luz temblorosa de una vela subía hacia mí. Temblando, agarré el pomo de la puerta. ¿Eras tú quien se acercaba?

Sí, querido, eras tú, pero no ibas solo. Oí una risa queda, íntima, el crujir de un vestido de seda y cómo tú hablabas en voz baja. Regresabas a casa con una mujer...

No sé cómo pude sobrevivir a aquella noche. A la mañana siguiente, a las ocho, me llevaron a Innsbruck; ya no me quedaban fuerzas para resistirme.

Mi hijo murió ayer por la noche—ahora volveré a estar de nuevo sola, si es que tengo que seguir viviendo—. Mañana vendrán unos hombres desconocidos vestidos de negro, toscos, cargados con un ataúd, y colocarán dentro a mi pobre hijo, mi único hijo. Quizá también vengan unos amigos y le traigan coronas de flores, pero ¿qué sentido tienen unas flores en el ataúd? Me consolarán, me dirán cualquier cosa, palabras, palabras; ¿de qué me servirán? Sé que después tendré que volver a estar sola, y no hay nada más terrible que estar sola cuando estás rodeada de gente. Lo sé desde entonces, desde aquellos dos interminables años en Innsbruck, de mis dieciséis a mis dieciocho. Viví como una reclusa, como una desterrada entre la familia. Mi padrastro, hombre muy calmado y de pocas palabras, fue bueno conmigo; mi madre, como para arreglar una injusticia involuntaria, se mostró siempre dispuesta a complacerme en todo lo que estuviera en sus manos; había jóvenes que se interesaban por mí, pero los rechazaba a todos con obstinación vehemente. No quería ser feliz ni estar contenta lejos de ti; yo misma me encerré en un mundo lúgubre de soledad en el que me atormentaba. No me puse los vestidos nuevos de colores que me compraron, me negué a ir a los conciertos, al teatro, a hacer excursiones en compañía de nadie. Apenas salía de casa. ¿Te puedes creer, querido, que no conozco ni diez calles de esta pequeña ciudad en la que viví dos años? Estaba dolida y quería estarlo; estaba embriagada de nostalgia y de no poder verte. Ante todo no quería cejar en mi pasión de vivir solamente para ti. Me quedaba sola en casa, horas y hasta días enteros, sólo pensando en ti. A cada momento, siempre con aquel centenar de pequeños recuerdos, revivía cada encuentro en nuestra escalera, cada momento que había estado esperándote, y me representaba esos pequeños episodios como lo hacen en el teatro. Y por eso, porque repetí cada segundo de nuestros incontables momentos, toda esa época se me ha quedado profundamente grabada en la memoria, de tal forma que siento cada minuto de aquellos tiempos con tanta vivacidad y pasión como si se me hubiesen filtrado ayer mismo en la sangre.

En aquellos años sólo viví para ti. Compré todos tus libros; cada vez que tu nombre aparecía en los periódicos era un día de fiesta para mí. ¿Puedes creer que me sé de memoria cada línea de tus libros de tantas veces como los he leído? Si alguien me despertara por la noche y me empezara a recitar un fragmento, aún ahora, después de trece años, podría continuarlo en sueños. Cada palabra tuya era para mí como el evangelio y el padrenuestro. Todo el mundo existía únicamente en relación a ti: buscaba los conciertos y los estrenos en los periódicos vieneses sólo pensando en cuáles te podrían haber interesado y así acompañarte desde la lejanía: ahora entra en la sala, ahora se sienta. Lo soñé mil veces por haberte visto un día en un concierto.

Pero ¿de qué me sirve contarte todo esto, la obsesión frenética contra mí misma, compulsiva, tan trágica y desesperada, de una niña abandonada? ¿De qué sirve contárselo a alguien que nunca lo ha sospechado, que nunca lo ha sabido? ¿Era aún una niña? Cumplí los diecisiete años, los dieciocho, y los jóvenes en la calle empezaban a darse la vuelta para mirarme cada vez que pasaba por su lado, pero a mí me ponían enferma. Porque pensar en el amor o simplemente en un flirteo con otra persona que no fueras tú se me hacía tan incomprensible, tan inimaginable, que sólo la tentación me hubiera parecido un delito. Mi pasión por ti seguía siendo la misma, pero era distinta con relación a mi cuerpo, que tenía los sentidos más despiertos: se convirtió en una pasión más fogosa, más corporal, más de mujer. Y aquello que la niña que había llamado al timbre de tu puerta, en su voluntad confusa y desorientada, no había imaginado antes, era en ese momento mi único pensamiento: ofrecerme a ti, entregarme a ti.

La gente de mi entorno me tenía por una chica tímida, decían que era vergonzosa (yo guardaba mi secreto tozudamente sin abrir la boca), pero en mí fue creciendo una voluntad de hierro. Todas mis ideas y aspiraciones iban en una sola dirección: volver a Viena, volver contigo. Y me empeñé en ello con toda mi voluntad, por más absurdo e incomprensible que les pudiera parecer a los demás. Mi padrastro era un hombre adinerado y me consideraba su propia hija. Pero con exasperada tozudez me obstiné en ganar dinero por mi cuenta y por fin regresé a Viena, donde pude hacer de dependienta en una gran tienda de confección de un pariente.

¿Es necesario que te cuente qué fue lo primero que hice cuando llegué a Viena—¡por fin!, ¡por fin!—una noche neblinosa de otoño? Después de dejar las maletas en la estación, me apresuré a coger un tranvía—qué lento me pareció que iba; cada parada me sacaba de quicio—y fui corriendo hasta delante de nuestra casa. Las ventanas de tu piso estaban iluminadas, todo mi corazón retumbaba. No fue hasta entonces que la ciudad, que me había dado la bienvenida de una manera que me había hecho sentir extraña y absurda, revivió de nuevo. Fue entonces cuando sentí que estaba recobrando la vida porque sabía que te tenía cerca, a ti, mi eterno sueño. Ni se me ocurría pensar que tu conciencia pudiera estar muy lejos, más allá de lagos, valles y montañas, cuando sólo quedaba el cristal iluminado de tu ventana entre tú y mi mirada centelleante. Yo sólo miraba y miraba hacia arriba: había luz, allí estaba tu casa, allí estabas tú, allí estaba mi mundo. Dos años había estado deseando aquel momento y ahora se me había concedido. Estuve muchas horas delante de tus ventanas en aquella suave noche neblinosa, hasta que se apagó la luz. Entonces me fui a casa.

Cada noche esperaba delante de tu casa. A las seis salía del trabajo en la tienda, un trabajo duro y que requería mucho sacrificio, pero me parecía bien, ya que este esfuerzo me ayudaba a no sentir tanto dolor por ti. De modo que, después de que bajaran las estridentes persianas metálicas, corría hacia mi amado objetivo. Verte una vez, encontrarte una sola vez, ése era mi único anhelo, poder envolver tu rostro con mi mirada una vez más. Sucedió al cabo de una semana, más o menos. Me crucé contigo precisamente cuando no lo esperaba: mientras miraba hacia arriba, hacia tu ventana, tú cruzabas la calle. De repente volví a ser esa niña de trece años que sentía cómo la sangre le sonrojaba las mejillas. Involuntariamente, contra el impulso más profundo de querer sentir tus ojos, bajé la cabeza al pasar por tu lado y me puse a andar rápida como un rayo. Después me arrepentí de aquella huida miedosa de colegiala, porque entonces sabía claramente lo que quería: encontrarte. Te buscaba y estaba segura de que me reconocerías después de todos aquellos malditos años de nostalgia. Quería que me hicieses caso, que me quisieras.

Pero no te diste cuenta de mi presencia, ni mucho menos, aunque estaba cada noche en tu calle, tanto si nevaba como si soplaba ese viento vienés que parece que te corta al pasar. A menudo esperaba muchas horas en vano, algunas veces salías al fin de casa, casi siempre acompañado; dos veces te vi en compañía de mujeres y fue entonces cuando comprendí que ya era adulta. Noté la diferencia entre mis sentimientos hacia ti porque el corazón se me encogía y el alma se me partía cuando veía a una mujer desconocida caminando muy segura de sí misma cogida de tu brazo. No me sorprendía. Yo ya conocía de antes tus inacabables visitas femeninas, pero de pronto, sin saber cómo, el dolor que aquello me provocaba era físico. Algo se tensaba dentro de mí y sentía a la vez hostilidad e interés por esa complicidad carnal manifestada con otra. Un día decidí no ir a tu casa, orgullosa igual que una niña, como era yo todavía y como quizás aún no he dejado de ser. ¡Qué terrible fue esa noche vacía, tan llena de obstinación y rebeldía! Al día siguiente estaba de nuevo delante de tu casa humildemente, esperando mi destino como he esperado durante toda mi vida delante de tu vida cerrada.

Pero una noche, por fin, te diste cuenta. Te había visto venir a lo lejos y me obligué a no esquivarte. La casualidad quiso que un camión que estaba descargando dejara poco espacio en la calle y tuviste que pasar tan cerca de mí que me rozaste. Tu mirada distraída me acarició sin quererlo y en el acto, en cuanto se encontró con la atención de mis ojos, se convirtió en aquella manera tuya de mirar a las mujeres—cómo me estremecieron los viejos recuerdos—, esa mirada tierna que te envuelve y a la vez te desnuda, que te rodea y casi te toca, la misma que una vez había despertado en mí a la mujer y a la amante. Tu mirada, de la que yo no podía ni quería deshacerme, aguantó la mía uno o dos segundos, y luego continuaste adelante. El corazón me latía con fuerza, me vi obligada a ralentizar el paso y, cuando me di la vuelta por un impulso que no se dejaba reprimir, vi que te habías detenido a mirarme. Y por la forma en que me observabas, una mezcla de curiosidad e interés, lo supe enseguida: no me habías reconocido.

No me reconociste, ni entonces ni en ningún otro momento, nunca me has reconocido. ¿Cómo te puedo describir, querido, la decepción de aquel instante? Por primera vez fui consciente de estar predestinada a que no me reconocieras durante toda mi vida, esa vida con la que ahora estoy acabando; desconocida para ti, aún no sabes quién soy. ¡Cómo puedo describirte esta decepción! Porque, verás, los dos años que estuve en Innsbruck, cuando pensaba en ti a todas horas y no hacía otra cosa que imaginarme nuestro primer reencuentro en Viena, había soñado muchas veces tanto con las posibilidades más salvajes como con las más espirituales, según mi estado de ánimo. Lo había planeado todo, si me permites decírtelo así. En los momentos más tristes me había imaginado que me despreciarías, que me rechazarías por ser demasiado poco para ti, demasiado fea o demasiado melosa. Todas las vías de desprecio, de frialdad, de indiferencia, todas me las había representado en visiones apasionadas, pero justamente ésta no me había arriesgado a considerarla ni en mis momentos más pesimistas, ni en los momentos en que tenía la conciencia más extrema de mi inferioridad, porque esto era lo peor que podía suceder: que no me reconocieras en absoluto. Ahora sí, ahora ya entiendo—¡ah, a comprender las cosas sí me has enseñado!—que la cara de una chica, de una mujer, resulta terriblemente cambiante para un hombre, porque no suele ser sino el reflejo de una pasión o de una ingenuidad o de una fatiga, que se borra tan fácilmente como la imagen de un espejo. Y un hombre puede olvidar rápidamente el rostro de una mujer, porque la edad que en ella se refleja cambia según si hay sol o sombra y según la forma de vestirse de un día para otro. Los que se resignan, éstos son los auténticos sabios. Pero yo, la chica de entonces, aún no podía entender tu mala memoria, porque de tanto ocuparme de ti, desmesuradamente, sin cesar, de alguna forma me había ido haciendo ilusiones de que tú también debías de haber estado pensando en mí y esperándome. ¡Cómo hubiese podido siquiera respirar si hubiese tenido la certeza de no significar nada para ti, de que ningún recuerdo mío te pasaba nunca, aunque fuese ligeramente, por la cabeza! Y ese destello de tu mirada que demostraba que ya no me conocías de nada, que ni un hilo de recuerdo de tu vida llegaba hasta la mía, fue la primera caída en la dura realidad, la primera señal de mi destino.

No me reconociste entonces. Y cuando dos días más tarde tu mirada me envolvió con cierta familiaridad al volver a encontrarnos, no reconociste en mí a aquella niña que te había querido y a la que habías hecho despertar, sino sólo a la hermosa joven de dieciocho años que se había cruzado en tu camino dos días antes en ese mismo lugar. Me miraste agradablemente sorprendido, se te escapó una leve sonrisa. Volviste a pasar de largo pero retrocediste enseguida: yo temblaba, estaba exultante de alegría, rogaba que me hablases. Noté que estaba viva para ti por primera vez y ralenticé el paso, no te evité. De repente te sentí justo detrás de mí sin necesidad de darme la vuelta y supe que, por primera vez, escucharía tu adorable voz dirigida hacia mí. La expectativa era paralizante, creí que iba a tener que detenerme de tantos martillazos que me daba el corazón, y entonces apareciste a mi lado. Me hablaste como lo haces tú normalmente, de manera desenfadada y alegre, como si fuéramos amigos desde hacía años—ay, y no tenías la más mínima idea de mí, nunca fuiste consciente de lo que había sido mi vida—. Me hablaste de forma tan seductora y natural, que hasta fui capaz de responderte. Caminamos juntos hasta el final de la calle. Me preguntaste si quería que fuésemos a cenar juntos y acepté. ¿Me habría atrevido yo a negarte algo?

Comimos en un restaurante pequeño. ¿Te acuerdas dónde fue? No, seguramente no distingues esa velada de otras tantas parecidas, porque, ¿quién era yo para ti? Una entre cien, una aventura más de una cadena interminable. Además, ¿qué podría haberte hecho recordarme? Hablé más bien poco; estaba tan sumamente feliz de tenerte cerca de mí, de oírte hablar conmigo, que no quería estropear ningún momento con preguntas o con cualquier palabra necia. Te estoy agradecida. No olvidaré nunca aquel día y lo mucho que correspondiste a mi veneración apasionada; cuán sensible fuiste, qué delicadeza, qué tacto, ningún gesto inoportuno, ninguna de esas caricias rápidas vacías de sentimiento. Desde el primer momento mostraste una confianza tan segura y amistosa, que me habrías ganado igualmente aunque no hubiera llevado tanto tiempo siendo tuya en cuerpo y alma. ¡Ah, no sabes cuánto supiste satisfacerme sin decepcionarme, después de cinco años de esperanzas infantiles!

Se hizo tarde y nos levantamos para irnos. En la

puerta del restaurante me preguntaste si tenía prisa o si aún podía estarme contigo un rato más. ¿Cómo hubiese podido ocultar que estaba a tu disposición? Respondí que aún disponía de tiempo. Entonces, después de un pequeño instante de vacilación, me preguntaste si quería ir un rato a conversar a tu casa.

—Me gustaría—dije con toda la naturalidad de mis sentimientos, y me di cuenta enseguida de que la rapidez de mi respuesta no te dejaba indiferente, no sé si te hizo sentir ridículo o si te puso contento, pero en cualquier caso te sorprendió.

Hoy entiendo tu sorpresa; sé que las mujeres, aunque tengan el más fervoroso deseo de entregarse, suelen negar su disposición, fingen un sobresalto o indignación que exige ser aquietado con súplicas, mentiras, juramentos y promesas. Sé que quizá sólo las profesionales del amor, las prostitutas, aceptan en el acto una invitación parecida con alegría, o las muchachas del todo ingenuas, las totalmente inmaduras. En mi caso, sólo intervino—¿cómo podías intuirlo?—la voluntad convertida en palabra, el anhelo reprimido de miles de días. Pero, por una cosa o por otra, te quedaste asombrado y empezaste a mostrar interés por mí. Mientras andábamos y conversábamos noté que me examinabas de reojo, no sé muy bien cómo te sentías, pero estabas sorprendido. Tu sensibilidad hacia todo lo humano, esa mágica seguridad en ti mismo, hizo que notaras algo raro enseguida: aquella chica tan bonita y confiada debía de esconder algún secreto. Tu curiosidad se despertó y, por las preguntas que me hacías, me di cuenta de que querías descubrir qué ocurría. Pero conseguí evitarlo: prefería parecer un poco alocada a confesarte mi secreto.

Subimos a tu piso. Disculpa, querido, si te digo que no puedes entender qué significaban para mí esas escaleras, ese rellano, que vértigo, qué confusión, qué suerte tan inesperada, tan angustiosa, casi mortal. Aún hoy no consigo acordarme de todo aquello sin que los ojos se me llenen de lágrimas, incluso ahora que ya no me quedan. Pero imagínate, en cierta forma, todo estaba impregnado de mi pasión. Cada detalle era un símbolo de mi adolescencia, de mi melancolía: el portal donde había estado esperándote mil veces, las escaleras que siempre estaba controlando por si oía tus pasos y donde te había visto por primera vez, la mirilla donde había dejado mi alma, la alfombra de delante de tu puerta donde ese día me arrodillé, el ruido de tus llaves que siempre me despertaba con un sobresalto. Toda mi infancia y mi gran pasión habían transcurrido en aquellos pocos metros cuadrados, allí estaba toda mi vida; y ahora ésta se precipitaba sobre mí como una tormenta, porque todo, absolutamente todo se estaba haciendo realidad, y yo estaba entrando contigo, yo contigo, en tu casa, en nuestra casa. Piensa que todo lo que había hasta llegar a tu puerta—suena banal pero no sé decirlo de otra forma—había sido la realidad, el mortecino mundo cotidiano de toda una vida, pero allí empezaba mi mundo infantil, mis fantasías, el reino de Aladín. Si tienes en cuenta que había mirado mil veces con ojos ardientes hacia esa puerta que ahora estaba atravesando tambaleándome, podrás suponer—sólo lo podrás suponer, amor mío, nunca lo sabrás del todo—lo lleno de mi vida que estaba ese apasionante minuto.

Estuve toda la noche contigo. No se te ocurrió pensar que nunca antes había estado con un hombre, que quizás aún nadie había sentido mi cuerpo. Pero cómo te lo podías imaginar, querido, si no me resistí a nada y reprimí cualquier vacilación vergonzosa sólo para que no adivinaras el secreto de mi amor hacia ti, que, sin duda, te hubiese asustado. Porque a ti, ciertamente, sólo te gustan las cosas fáciles, juguetonas, nada pesadas, tienes miedo de inmiscuirte en un destino ajeno. Lo que quieres es entregarte a todos, al mundo, no quieres ninguna víctima. Si ahora te digo, querido, que me entregué a ti aún virgen, te lo suplico, no me malinterpretes. No te culpo, tú no me provocaste, ni me mentiste, ni me sedujiste. Fui yo quien te buscó, quien se lanzó a tus brazos y se precipitó en su destino. Nunca, nunca te voy a acusar, no, sólo podré agradecértelo siempre, porque, qué enriquecedora, qué chispeante fue aquella noche para mí, cuán llena de gozo. Cuando abría los ojos en la oscuridad y sentía que estabas a mi lado, me asombraba de no ver el firmamento por encima de nosotros, hasta tal punto me sentía como en el cielo. No, nunca me he arrepentido, amor mío, de aquella noche. Aún recuerdo cómo dormías, cómo sentía tu respiración, tu cuerpo, y como lloré de felicidad en la penumbra.

A la mañana siguiente me desperté pronto porque tenía que irme a trabajar a la tienda, pero también porque quería marcharme antes de que viniera tu sirviente, él no debía verme. Cuando estuve delante de ti, ya vestida, me atrajiste hacia ti y me estuviste mirando largo rato; ¿acaso un oscuro recuerdo lejano te venía a la memoria, o quizá sólo te parecía bonita por lo feliz que me habías hecho? Me besaste en los labios. Me solté suavemente para irme y me preguntaste:

—¿No quieres llevarte un par de flores?

Asentí, y cogiste cuatro rosas blancas del jarrón de cristal azul de tu escritorio (¡ah!, lo conocía desde aquel rápido vistazo, años atrás) y me las diste. Muchos días después aún las besaba.

Antes de aquello ya habíamos dicho que podíamos vernos otra noche. Volví y una vez más fue maravilloso. Aún me regalaste otra tercera noche. Después me dijiste que tenías que salir de viaje—¡cómo odiaba, ya de jovencita, estos viajes tuyos!—y prometiste avisarme cuando estuvieras de vuelta. Te di el número de un apartado de correos; no quería darte mi nombre porque guardaba mi secreto. Me volviste a dar unas rosas a modo de despedida..., a modo de despedida.

Durante dos meses estuve preguntando cada día si había algo para mí..., pero no, ¿para qué describirte ese tormento infernal de la espera, del desconsuelo? No te culpo, te quiero tal como eres, ardiente y distraído, olvidadizo, entregado e infiel, te quiero así, sólo así, como siempre has sido y como aún eres. Ya hacía tiempo que habías vuelto, lo veía en tus ventanas iluminadas, y no me escribías. Aún no tengo ni una línea tuya en mi última hora, ni una línea de aquel hombre al que he entregado mi vida. Esperé, estuve esperando y esperando como una desquiciada, pero no me llamaste, no me escribiste ni una línea..., ni una...

Mi hijo murió ayer—también era el tuyo—. También era tu hijo, querido, el hijo de una de aquellas tres noches, te lo juro; no se miente a la sombra de la muerte. Puedo jurar que era nuestro hijo, porque no me tocó ningún otro hombre desde que me entregué a ti hasta el día en que salió de mi cuerpo con tanto esfuerzo; ese cuerpo que me parecía sagrado gracias al contacto con tu piel. ¿Cómo hubiese podido entregarme a ti, que lo habías significado todo para mí, y a la vez a otros que sólo pasaban rozando mi vida? Era nuestro hijo, querido, el fruto de mi amor consciente y de tu ternura despreocupada, derrochadora, casi inconsciente; nuestro hijo, nuestro único hijo. Pero ahora te debes de estar preguntando—quizás asustado, quizá sólo sorprendido—, debes de estar preguntándote por qué te he ocultado este hijo durante tantos años y no te he hablado de él hasta ahora, que yace dormido, para siempre, a punto de irse para no volver nunca más, ¡nunca más! Pero ¿cómo podría habértelo dicho? De mí, la desconocida, la que estaba demasiado predispuesta en las tres noches que se había entregado a ti, la que se había abierto a ti sin ninguna oposición, incluso deseosa, nunca lo hubieras creído, de una sin nombre con la que habías tenido una aventura fugaz, que te era fiel, a ti, el infiel... ¡No hubieras reconocido nunca este niño como hijo tuyo sin desconfianza! Aunque yo te diese mi palabra y aceptaras esa probabilidad, nunca hubieras podido evitar la sospecha escondida de que yo pretendía adjudicarte a ti, hombre adinerado, el fruto de noches ajenas. No te habrías fiado de mí, entre nosotros habría quedado una sombra, una sombra volátil, recelosa, y eso era justamente lo que yo no quería. Además, te conozco; te conozco incluso mejor de lo que tú te conoces a ti mismo. Sé que para ti, que adoras la despreocupación, la ligereza y el jugueteo del amor, hubiese sido muy triste ser padre de improviso, responsable de todo un destino. Tú, que sólo puedes respirar en libertad, de alguna forma te hubieses sentido atado a mí. Me habrías odiado—sí, sé que lo hubieras hecho contra tu voluntad—, me habrías odiado por esta atadura. Tal vez sólo durante unas horas, quizás unos fugaces minutos, te habría resultado pesada, odiosa. Pero yo, a causa de mi orgullo, creía que tenías que pensar en mí toda tu vida sin preocuparte. Prefería asumirlo todo yo antes que ser una carga para ti. Quería ser la única de tus mujeres en quien siempre pensara con amor, con agradecimiento. Pero tú nunca has pensado en mí, me has olvidado.

No te culpo, querido, no te culpo. Perdona si alguna vez se cuela una gota de amargura en mi pluma, perdóname. Mi hijo, nuestro hijo, yace muerto junto a los cirios encendidos; he alzado los puños hacia Dios y le he llamado asesino, tengo los sentidos trémulos y confusos. Perdóname por haberte acusado, ¡perdóname! Sé que eres bueno y generoso de todo corazón, ayudas a todos, también a los desconocidos que te lo piden. Pero tu bondad es peculiar, está abierta a cualquiera para darle todo lo que le quepa en las manos, tu bondad es grande, infinitamente grande, pero es—discúlpame—indolente. Quiere que la reclamen, que la busquen. Ayudas cuando te llaman, ayudas por vergüenza, por debilidad, no por placer. Déjame que te lo diga sinceramente: te gusta más un compañero en la fortuna que un pobre necesitado. Y a las personas que son como tú, aunque sean muy buenas, cuesta pedirles cualquier favor. Un día, cuando aún era una niña, vi por la mirilla que le dabas limosna a un mendigo que había llamado a tu puerta. Lo hiciste rápidamente, incluso fuiste generoso antes que él te pidiera nada, pero le alargaste el brazo con temor, deprisa, para que se fuera pronto; fue como si tuvieras miedo de mirarle a los ojos. Y esta forma tuya de ayudar, con miedo e inquietud, huyendo del agradecimiento, no la he olvidado jamás. Por eso no me dirigí a ti. También tengo la certeza de que me hubieras ayudado aun sin estar del todo seguro de que era hijo tuyo. Me hubieras consolado, me hubieras dado dinero, pero escondiendo tu impaciencia por quitárteme de encima; sí, creo que me hubieras llegado a persuadir para que me deshiciera del niño a tiempo. Y eso era a lo que más le temía, porque, ¿qué no hubiese hecho yo que tú desearas?, ¿cómo hubiese podido negarte nada? Y ese hijo lo era todo para mí, era tuyo, tu persona una vez más, pero no esa persona feliz, despreocupada e imposible de alcanzar, sino una entregada a mí para siempre—así lo creía—, atada a mi cuerpo, unida a mi vida. Ahora te había conseguido, podía sentirte en mis venas, podía sentir que tu vida crecía, alimentarte, acariciarte, besarte si el alma me lo pedía. Ves, querido, por eso fui tan feliz cuando supe que iba a tener un hijo tuyo, por eso no te lo dije: porque ya no podías escaparte de mí nunca más.

Por supuesto, querido, aquéllos no fueron tan sólo los meses de felicidad que pensaba que serían, también lo fueron de horror y sufrimiento, llenos de asco por lo bajo que había caído la humanidad. No fue fácil. Tuve que dejar de ir a la tienda para que mis familiares no se diesen cuenta y lo dijeran en casa. No quería pedir dinero a mi madre y, los últimos meses, hasta el día del parto, logré subsistir vendiendo unas pocas joyas que tenía. Una semana antes, una lavandera me robó las últimas coronas que me quedaban en el armario y tuve que ir a la casa de maternidad. Allí, por donde sólo se arrastran las mujeres verdaderamente pobres, las despreciadas y olvidadas en su penuria, allí, en medio de las sobras de la miseria, allí nació el niño, tu hijo. Era como para morirse, todo se hacía extraño, extraño, extraño..., solas y llenas de odio mutuo, las que permanecíamos allí éramos extrañas entre nosotras mismas, llevadas solamente por la miseria, por el mismo tormento, hasta el interior de aquella sala que olía a cerrado, a cloroformo y a sangre, llena de gritos y suspiros. La degradación, la deshonra anímica y física que la pobreza debe soportar, yo las sufrí allí, al lado de prostitutas y enfermas que hacían del encuentro de sus destinos una injusticia. También sufrí el cinismo de los médicos jóvenes que levantaban la sábana de las indefensas con una sonrisa irónica y las palpaban con actitud científica, la mezquindad de las enfermeras... Crucifican la vergüenza de un mortal con miradas y lo torturan con palabras, allí sólo eres un cartel con tu nombre, porque eso que está en la cama es simplemente un pedazo de carne convulsa toqueteada por curiosos, un objeto de exposición y de estudio. ¡Ah, las mujeres que tienen a los hijos en casa, las que le dan el niño al marido que lo espera con amor, no saben qué significa traer un hijo al mundo sola, indefensa, como en una mesa de laboratorio! Cuando leo en algún libro la palabra infierno, aún hoy soy incapaz de evitar el recuerdo de aquella sala llena de gente y de olores, llena de gemidos, risas y gritos repletos de sangre, aquel matadero de vergüenza donde tanto sufrí.

Perdona, perdona que te hable de ello. Es la última vez, no volveré a hablar más de aquello, nunca más. He callado todo esto durante once años y pronto seré muda para toda la eternidad. Tenía que gritar una vez, proclamar sólo una vez el precio tan alto que me costó este hijo, mi alma personificada, y que ahora yace aquí, sin aliento. Ya había olvidado esas horas, hacía mucho tiempo que las había olvidado en las risas y la voz del niño, mi alma; pero ahora que está muerto el tormento revive y tenía que dejar gritar a mi alma por una vez, sólo una. Pero no te culpo a ti, sino a Dios, sólo a él, que ha convertido aquel tormento en algo absurdo. No te culpo a ti, te lo juro, nunca mi rabia se ha vuelto contra ti. Ni siquiera en el momento en que mi cuerpo se estremecía por el dolor de las contracciones, cuando toda yo hervía de vergüenza bajo las miradas manoseadoras de los estudiantes, ni siquiera en el momento en que el dolor me atravesaba el alma, te acusé de nada ante Dios; no he lamentado nunca aquellas tres noches, no he maldecido nunca el amor que sentí por ti, siempre te he querido, siempre he alabado la hora en que te conocí. ¡Y si tuviera que volver a pasar por aquel infierno sabiendo de antemano lo que me espera, lo volvería a hacer, querido, una y mil veces más!

Nuestro hijo murió ayer—y tú no lo has conocido nunca—. Ni tan sólo en un encuentro casual y fugaz, tu mirada nunca ha acariciado a este pequeño ser, a esta flor, cuando ha pasado por tu lado. Tan pronto lo tuve, me escondí de ti durante mucho tiempo. Mi melancolía era menos dolorosa, hasta creí que había llegado a quererte menos apasionadamente; el hecho es que, desde el día en que lo tuve, no sufría tanto por mi amor. No quería dividirme entre tú y él y dejé de dedicarme a ti, a ese hombre feliz que vivía al margen de mí, para entregarme al hijo que me necesitaba, al que tenía que alimentar, al que podía besar y abrazar. Parecía salvada de esa angustiosa desesperación por ti, de mi fatalidad, salvada por ese tú que era otro y era tuyo, pero que ahora era realmente mío. Rara vez, y cada vez menos, mis sentimientos me impulsaban a acercarme humildemente a tu casa. Sólo hice una cosa: por tu cumpleaños siempre te hacía llegar un ramo de rosas blancas, exactamente iguales a las que me regalaste después de nuestra primera noche de amor. ¿Te has preguntado alguna vez, en estos diez u once años, quién te las enviaba? ¿Quizá te has acordado de la chica a la que un día le regalaste las mismas rosas? No lo sé, nunca sabré la respuesta. Sólo el hecho de hacértelas llegar desde la oscuridad, dejar que una vez al año floreciera el recuerdo de aquellas horas, sólo eso me bastaba.

No has conocido nunca a nuestro pobre hijo; ahora me reprocho el habértelo ocultado, porque lo hubieses querido. Nunca lo has conocido, pobre hijo, no le has visto sonreír, abriendo esos ojos oscuros y vivos—los tuyos—que desprendían una clara luz de alegría sobre mí, sobre todo el mundo. ¡Ah, era tan simpático, tan avispado...! Toda tu agilidad se manifestaba en él de forma infantil, tenía tu fantasía rápida y despierta; podía pasarse horas jugando entusiasmado, así como tú juegas con la vida, y después sabía sentarse, muy serio, con las cejas levantadas, delante de los libros. Cada vez se parecía más a ti. Aquella doble faceta de sensatez y juego tan propia de ti ya empezaba a desarrollarse visiblemente en él, y cuanto más se parecía a ti, más lo quería. Era buen estudiante, sabía hablar francés como una garza, tenía los cuadernos más limpios y bien presentados de la clase, y qué bien le quedaba, qué elegante iba con su traje de terciopelo negro o con la chaqueta blanca de marinero. Fuera donde fuera siempre era el más elegante de todos; en Grado, cuando íbamos de paseo por la orilla del mar, las mujeres se detenían para acariciarle su cabello largo y rubio. En Semmering, cuando bajaba en trineo, la gente se daba la vuelta, admirada. Era tan educado, tan tierno, tan alegre; el año pasado, cuando entró como interno en la academia Theresianum, llevaba el uniforme y la pequeña espada como un paje del siglo dieciocho… Ahora no lleva más que una camisa, pobrecito, allí tumbado con los labios descoloridos y los brazos cruzados.

Pero quizá te preguntes cómo he podido educarlo con tanto lujo, cómo he podido proporcionarle esta vida alegre y luminosa llena de privilegios. Amor mío, te hablo desde la oscuridad; no me da vergüenza, quiero decírtelo, pero no te asustes, querido: me he vendido. No me convertí exactamente en eso que se denomina mujer de la calle, una cualquiera, pero me he vendido. He tenido amigos ricos, amantes ricos. Primero los buscaba yo, después me buscaban ellos a mí, porque yo era—¿te diste cuenta alguna vez?—muy bonita. Me ganaba el cariño de todos aquellos a los que me ofrecía, todos me han estado agradecidos, me han dado afecto, todos me han querido... ¡Tú no, tú eres el único que no me ha querido!

¿Me desprecias porque te he confesado que me he vendido? No, sé que no me desprecias, sé que lo entiendes, aunque también entenderás que lo he hecho por ti, por tu otro yo, por tu hijo. Ya había experimentado una vez el horror de la pobreza en aquella sala de maternidad; sabía que en este mundo, el pobre siempre será una víctima a la que pisan, a la que humillan, y no quería por nada del mundo que tu hijo, tu precioso hijo, tuviera que crecer allí abajo, con las sobras de los infames callejones, respirando el aire apestoso de un cobertizo detrás de las casas. Su boca tierna no debía conocer el lenguaje de los pordioseros, ni su blanca piel la ropa maloliente y contrahecha de los pobres. Tu hijo tenía que poseerlo todo, todas las riquezas y facilidades del mundo, tenía que volver a subir a tu nivel, a tu misma esfera.

Por eso, querido, sólo por ese motivo me he vendido. Y no fue ningún sacrificio, porque aquello que vulgarmente se denomina honra y deshonra era ilusorio para mí. Si tú no me querías, tú, el único al que pertenecía mi cuerpo, me daba igual todo lo demás. Las caricias de los hombres, incluso la fogosidad más íntima, no me llegaban al corazón, por mucha estima que pueda haber llegado a sentir por algunos y aunque la compasión por su amor no correspondido me haya hecho tambalear porque me recordaba mi propio destino. Todos aquellos a los que he conocido han sido buenos conmigo, todos han sido atentos y me han respetado. Sobre todo un hombre de edad avanzada, un conde imperial viudo, el mismo que hizo todo lo posible para que admitiesen en Theresianum al niño sin padre, a tu hijo; me quería como a una hija. Me pidió tres o cuatro veces que me casara con él. Ahora podría ser condesa, señora de un castillo maravilloso en el Tirol, sin preocupaciones, ya que el niño hubiese tenido un padre, uno que le adoraba, y yo hubiese tenido un marido tranquilo, bondadoso y noble a mi lado. Pero no lo hice, aunque insistió muchísimo, y aunque yo era consciente de que mi respuesta negativa le hacía daño. Y quizá fue una locura, porque ahora estaría viviendo en un lugar tranquilo y protegido, y este hijo, tan querido, aún estaría junto a mí. Pero—por qué no confesártelo—no quería atarme a nadie, quería estar disponible para ti a cualquier hora. Dentro de mí, en el rincón más escondido e inconsciente de mí misma, seguía latiendo mi sueño infantil. Quién podía saber si algún día me reclamarías a tu lado, ni que fuese por el corto espacio de tiempo de una hora. Y por esa única y posible hora renuncié a todo, sólo para quedarme libre para cuando tú te decidieras a llamarme por primera vez. ¡En qué se había basado toda mi existencia hasta el momento en que desperté de la infancia sino en una espera, siempre a la espera de tu voluntad!

Y esa hora al fin y al cabo llegó, aunque tú no sabes cuándo fue. ¡Ni te acuerdas, querido! Tampoco entonces me reconociste—¡nunca, nunca me has reconocido, nunca!—. También debo decir que me había cruzado contigo a menudo en los teatros, los conciertos, en el parque del Prater, por la calle... y cada vez me daba un salto el corazón, pero tu mirada simplemente pasaba de largo: cierto, externamente había cambiado mucho, yo, aquella criatura tímida me había convertido en una mujer, de buen ver según decían, vestida con ropa cara, rodeada de admiradores. ¡Cómo hubieras podido suponer que aquella joven apocada que habías visto en la penumbra de tu dormitorio era yo! Alguna vez te saludaba el caballero con el que yo iba. Tú le respondías y, al alzar los ojos, mirabas hacia mí, pero tu mirada era de cortés indiferencia, de reconocimiento, sí, pero en realidad no me reconociste nunca; era una mirada distante, terriblemente distante. Un día, aún me acuerdo, el hecho de que te olvidases de mí, algo a lo que yo estaba prácticamente acostumbrada, se convirtió en un suplicio: yo estaba en un palco de la Ópera con un amigo y tú en el palco de al lado. En la apertura las luces se apagaron, ya no te podía ver la cara, sólo sentía tu respiración tan cerca de mí como en aquella noche, y tu mano estaba apoyada en la barandilla de terciopelo que separaba los palcos, tu mano fina y delicada. Estaba ansiosa por inclinarme a besar humildemente aquella mano inaccesible, aquella mano tan querida, cuyo tierno contacto había sentido años atrás. La música me iba envolviendo de inquietud, mi nerviosismo era cada vez más apasionado, me tuve que poner en tensión para contenerme con todas mis fuerzas, hasta tal punto era intenso el afán de mis labios por acercarse a tu mano. Después del primer acto rogué a mi amigo que nos fuéramos. Era incapaz de soportar tenerte tan cerca y tan lejos a la vez, a mi lado en la penumbra.

Pero la hora llegó, llegó una vez más, una última vez en mi desperdiciada vida. De aquello hará pronto un año, fue un día después de tu cumpleaños. Era muy curioso: había estado pensando en ti a todas horas, porque tu cumpleaños siempre lo celebro como una fiesta. Por la mañana temprano ya había ido a comprar las rosas blancas que te mandaba cada año como recuerdo de las horas que tú habías olvidado. Por la tarde salí con el niño, lo llevé a la pastelería de Demel y por la noche al teatro; quería que aquel día, aun desconociendo su significado, fuera para él, ya desde pequeño, como una especie de celebración mística. Al día siguiente salí con mi amigo de entonces, un fabricante de Brunn, joven y rico; hacía ya dos años que estábamos juntos y él me adoraba. Me daba todo lo que tenía y también quería casarse conmigo, mientras que yo me negaba igual que a los otros, sin que nada pareciera justificarlo. El caso es que nos llenaba de regalos a mí y al niño y que, en su bondad un tanto agobiante, servicial, era un hombre que se hacía querer. Fuimos a escuchar un concierto, donde encontramos grata compañía, y después fuimos a cenar a un restaurante de la Ringstrasse; allí, entre risas y bromas, se me ocurrió proponer ir a otro local a bailar, el Tabarin. Ese tipo de sitios donde hay una fiesta continua y alegría alcohólica, así como el trasnochar de bar en bar, eran cosas que siempre había aborrecido y en las que hasta entonces siempre me había negado a participar. Pero esta vez algo dentro de mí, una fuerza mágica e insondable me llevó a hacer de repente, inconscientemente, aquella propuesta, que fue aceptada con alegría por los demás, muy animados. De pronto tuve aquel inexplicable deseo, como si allí me estuviera esperando algo importante. Acostumbrados a complacerme, todos se pusieron en pie y fuimos para allá. Bebimos champán y enseguida se apoderó de mí una especie de euforia desbordante y dolorosa que nunca antes había experimentado. Bebía y bebía, cantaba con los demás frívolas canciones y casi me sentía incitada a ponerme a bailar o a gritar de alegría. Pero bruscamente—fue como si me hubiera caído un trozo de hielo o algo hirviendo en el corazón—me sobresalté: en una mesa cercana a la nuestra estabas sentado tú con algunos amigos y me observabas con ojos de admiración y de deseo, con esa mirada que siempre me había removido hasta las entrañas. Por primera vez después de diez años volvías a mirarme con toda la apasionada fuerza instintiva que poseías. Me puse a temblar y de milagro no se me cayó la copa que había levantado entre mis manos. Por suerte los compañeros de mesa no se percataron de mi confusión, que se desvaneció entre las risas y la música.

Tu mirada era cada vez más abrasadora y me dejó enardecida. No sabía si al fin me habías reconocido o si, una vez más, me deseabas como a cualquier otra, como a una desconocida. La sangre me había subido a las mejillas y respondía distraídamente a las preguntas de los amigos. Era imposible que no te dieras cuenta de que tu mirada me perturbaba. De forma muy discreta me hiciste un gesto con la cabeza, como preguntándome si quería salir al vestíbulo. Pagaste la cuenta ostensiblemente, te despediste de tus amigos y saliste, pero no sin indicarme una vez más que me estarías esperando fuera. Yo estaba temblando como si estuviera en medio de la nieve, como si tuviera fiebre; no podía ni hablar ni dominar mi sangre alterada. Por casualidad, en ese mismo momento una pareja de bailarines negros empezaron una danza exótica, golpeaban el suelo con los tacones y gritaban: todos los observaban con atención y yo aproveché el momento. Me levanté, le dije a mi compañero que volvía enseguida y te seguí.

Fuera, en el vestíbulo, te encontré delante del guardarropía, esperándome: se te iluminó la mirada al verme. Te apresuraste hacia mí, sonriente. Enseguida vi que no me reconocías, que no reconocías a aquella niña de tu edificio ni a la chica de después; me deseabas otra vez como algo nuevo y desconocido.

—¿Dispone de una hora también para mí?—preguntaste sin rodeos. Por la seguridad con la que lo decías comprendí que me tomabas por una de esas que se pueden comprar por una noche.

—Sí—dije yo, con un sí tan tembloroso y a la vez tan obvio como el que había sido pronunciado por aquella muchacha hacía más de diez años en aquel lúgubre callejón.

—¿Y cuándo nos podríamos ver?—preguntaste.

—Cuando usted quiera—respondí; contigo no me daba vergüenza.

Me miraste un tanto sorprendido, con la misma

sorpresa desconfiada y la misma curiosidad de tiempo atrás, cuando mi conformidad te había dejado perplejo.

—¿Podría usted ahora?—me preguntaste vacilando un poco.

—Sí—dije—, vamos.

Quería recoger mi abrigo del guardarropía.

En aquel momento me di cuenta de que el resguardo lo tenía mi amigo, porque habíamos colgado nuestros abrigos en la misma percha. Era imposible regresar y pedírselo sin alegar algún motivo concreto y, por otra parte, no quería privarme de aquel momento contigo, de aquel momento que había anhelado durante tantos años; eso no podía ser. Y no dudé ni un segundo: cogí sólo el chal, me lo puse encima del vestido de noche y salí a la calle, a la humedad de la niebla, sin preocuparme más por el abrigo, sin preocuparme por la persona que hacía años que me estaba manteniendo de un modo tan tierno y afectuoso, y a la que yo iba a humillar delante de sus amigos dejándole como a un bufón ridículo al que la querida abandona al primer silbido de un hombre desconocido. ¡Oh!, yo era consciente de mi bajeza e ingratitud, del deshonor que causaba a un amigo sincero, sabía que actuaba de forma ridícula y que mi locura iba a ofender mortalmente, para siempre, a una persona bondadosa. Sentía que estaba destrozando mi vida. Pero ¿qué significaba la amistad, qué era mi existencia comparada con el ansia de volver a sentir tus labios y escuchar la delicadeza de tus palabras dirigidas a mí? Hasta ese punto te he llegado a querer, por fin puedo confesártelo, ahora que todo ha pasado y todo está perdido. Y creo que si me llamaras cuando ya estuviera reposando en mi lecho de muerte, tendría la fuerza suficiente como para levantarme e ir hacia ti.

Un coche nos esperaba en la puerta del local; nos llevó a tu casa. Oía de nuevo tu voz, sentía tu exquisita proximidad y estaba tan hipnotizada y con el alma tan confundida como cuando tenía diecinueve años. Era igual que la primera vez, después de una década, igual que cuando subías aquellas escaleras. No, no se puede describir lo que experimentaba en esos segundos, en los que se superponían el pasado y el presente. Y con todo, sólo te sentía a ti. Tu habitación había cambiado un poco desde la última vez; había más cuadros en las paredes más libros y muebles nuevos, pero todo me resultaba familiar. Y en el escritorio había un jarrón con las rosas, mis rosas, las que te había enviado el día anterior, para tu cumpleaños, como recuerdo de una mujer a la que, a pesar de todo, no recordabas, a la que no reconocías ni en aquel momento en que la tenías cerca de ti, con su mano en la tuya, con sus labios en los tuyos. Pero, aun así, me agradó que conservaras mis flores: por lo menos había allí un halo de mi amor hacia ti.

Me cogiste entre tus brazos. Me quedé otra maravillosa noche junto a ti, pero no reconociste ni mi cuerpo desnudo. Experimenté la dulzura de tu experta ternura y comprobé que tu pasión no distingue entre una a la que compras y otra a la que quieres, que te entregas completamente a tu deseo con la plenitud irreflexiva y derrochadora de tu ser. Fuiste tan tierno y delicado conmigo, con aquella mujer a la que habías encontrado en un local nocturno... Fuiste elegantísimo y sinceramente respetuoso, a la vez que apasionado, con el gozo de esa mujer. Cómo sentí de nuevo, tambaleando por la felicidad del pasado, aquella dualidad tuya, única, aquella pasión intelectual sabiamente mezclada con la sensual que había convertido en una esclava a aquella adolescente. Nunca he conocido a ningún hombre que se entregue en esos momentos con tanta ternura, que ofrezca su profunda intimidad con tanto altruismo y que después lo diluya todo en un olvido infinito, casi inhumano. Pero también yo me olvidé de mí misma: ¿quién era yo, a tu lado y a oscuras? ¿Era la niña apasionada de años atrás, era la madre de tu hijo, era la desconocida? Ah, ¡qué familiar me parecía todo, tan conocido, y, por otro lado, tan estrepitosamente nuevo en aquella noche apasionada! Rezaba para que no se acabara nunca.

Pero llegó la mañana, nos despertamos tarde; aún me invitaste a desayunar contigo. Tomamos juntos el té, que una mano invisible había servido discretamente en el comedor, y estuvimos conversando. Una vez más supiste hablarme con toda la confianza propia de tu temperamento abierto y cordial, y, como siempre, sin hacer ninguna pregunta indiscreta, sin mostrar ningún interés por mi persona. No me preguntaste mi nombre ni dónde vivía; para ti volvía a ser una aventura, alguien anónimo, el momento apasionado que se apaga sin dejar rastro en el humo del olvido. Y entonces me explicaste que te disponías a hacer un viaje muy lejos, al norte de África, durante dos o tres meses; me puse a temblar en medio de mi felicidad porque en mis oídos ya retumbaba: ¡se ha terminado, se ha terminado y olvidado! Me hubiese arrodillado ante ti y te hubiese gritado: «¡Llévame contigo para conocerme al fin, después de tantos años!» Pero era tan tímida, tan cobarde, tan servicial y débil delante de ti, que sólo pude decir:

—¡Qué lástima!

Me miraste sonriente y me preguntaste:

—¿Realmente te sabe mal?

De repente se apoderó de mí una especie de ferocidad, que me hizo ponerme de pie y mirarte durante largo rato. Entonces te dije:

—El hombre al que yo quería también se iba siempre de viaje.

Miraba fijamente, directamente a las estrellas de tus ojos: «¡Ahora, ahora me reconocerás!», imploraba, temblorosa, con todas mis fuerzas. Pero me sonreíste y quisiste consolarme diciéndome:

—Pero uno siempre vuelve.

—Sí—respondí yo—, uno siempre vuelve, pero entonces ya ha olvidado.

Debiste ver algo extraordinario, algo apasionado en la forma en que te hablé, porque te pusiste de pie y me miraste a los ojos desconcertado y muy cariñoso. Me cogiste por los hombros y me dijiste:

—Lo bueno no se olvida. A ti no te olvidaré jamás. —Y tu mirada se adentró completamente en mí, como si quisiera grabar mi imagen. Al sentir que aquella mirada me penetraba, que me buscaba en el fondo del alma, que atraía y absorbía mi ser, creí, al fin, que se había roto el hechizo de la ceguera. ¡Me reconocerá, me reconocerá! Temblaba sólo de pensarlo.

Pero no, no fue así; no me reconociste ni me conociste, y nunca fui más extraña para ti que en aquel segundo, porque, de otro modo... De otro modo nunca en tu vida hubieras podido hacer lo que hiciste unos minutos después. Me habías besado otra vez, apasionadamente. Tuve que arreglarme el pelo que se había despeinado, y mientras estaba delante del espejo, te vi detrás de mí—creía que me moría de horror y de vergüenza—a través del espejo vi cómo, discretamente, introducías unos billetes de los grandes en mi manguito. ¿Cómo fui capaz de no gritar en aquel momento, de no abofetearte? ¡A mí, la que te quería desde pequeña, la madre de tu hijo, me pagabas por aquella noche! Una cualquiera encontrada en el Tabarin, eso es lo que yo era para ti, nada más. ¡Me habías pagado, me habías pagado a mí! No tenías suficiente con olvidarte de mí, también tenías que humillarme.

Cogí mis cosas rápidamente. Me quería ir, quería irme de inmediato. Me dolía demasiado todo aquello. Cogí el sombrero, que estaba encima del escritorio, al lado del jarrón con las rosas blancas, mis rosas. Entonces me sobrevino el deseo irresistible, muy poderoso, de intentar por última vez que te acordaras de mí:

—¿Me das una de estas rosas blancas?

—Naturalmente—respondiste y cogiste enseguida una de ellas.

—Pero ¿estás seguro de no haberlas recibido de una mujer, de una mujer que te quiere?—te pregunté.

—Quizá sí—dijiste—, no lo sé. Las he recibido, pero no sé quién las manda, por eso las quiero tanto.

Te miré a los ojos.

—¡Quizá son de alguna a la que has olvidado!

Me miraste con asombro. Yo te miré con todas

mis fuerzas: «Reconóceme, ¡reconóceme de una vez!», gritaba mi mirada, pero tus ojos me sonrieron cordiales e inconscientes. Me volviste a besar, pero no me reconociste. Me apresuré en llegar a la puerta porque sentía que acudían las lágrimas a mis ojos y no hacía falta que lo vieses. De tan impetuosamente como salí, en el recibidor por poco me choqué con Johann, tu sirviente. Con inmediata consideración y con su timidez característica se echó hacia atrás, me abrió la puerta de un golpe para dejarme salir, y entonces, en aquel segundo, ¿me oyes?, en el único segundo en que miré a aquel hombre envejecido, cuando le miré con los ojos llenos de lágrimas, de repente, se le iluminaron las pupilas. Sólo en un segundo, ¿me oyes?, en un segundo aquel viejo me reconoció, él, que no me había visto desde que era una jovencita. Hubiese podido arrodillarme ante él por haberme reconocido y besarle las manos, pero sólo saqué los billetes de banco que me habías adjudicado y se los di. Estaba temblando y me miró asustado. En aquel único segundo quizás él se acercó más a la verdad que tú en toda tu vida. Todos, todas las personas me han querido, todos han sido buenos conmigo, ¡sólo tú, sólo tú me has olvidado, sólo tú no me reconociste nunca!

Mi hijo murió ayer, nuestro hijo... Ahora ya no me queda nadie más que tú a quien querer. Pero ¿quién eres tú para mí, tú que no me has conocido nunca, que pasas a mi lado como si pasaras junto a un riachuelo, que me pisas como a una piedra, que siempre sigues adelante y me dejas en la eterna espera? Una vez pensé que a ti, al fugitivo, te retendría teniendo al niño. Pero fue tu hijo: se ha ido cruelmente, esta noche, de viaje, se ha olvidado de mí y no volverá más. Vuelvo a estar sola, más sola que nunca, no tengo nada, no me queda nada de ti. Ya no tengo ningún hijo, ni una palabra, ni una línea, ni un recuerdo. Y si alguien pronunciara mi nombre ante ti, no le darías ninguna importancia, no te diría nada. ¿Por qué no tendría que estar contenta de morirme si para ti ya estoy muerta? ¿Por qué no habría de irme si tú ya te has ido? No, querido, no te culpo, no quiero lamentos en tu alegre casa. No temas, no te molestaré más. Discúlpame, tenía que dejar gritar a mi alma sólo una vez, en esta hora en la que mi hijo yace aquí, muerto y abandonado. Sólo he necesitado hablarte esta vez; después volveré a mi tenebrosidad, como siempre, muda, tan muda como siempre lo he sido a tu lado. Pero este grito no lo oirás mientras yo viva. Sólo cuando esté muerta recibirás este escrito de una que te ha querido más que ninguna y a la que no has reconocido nunca, que siempre te ha esperado y a la que no has convocado ninguna vez. Quizá, quizá me llamarás luego y entonces te seré infiel por primera vez; entonces, cuando esté muerta, ya no te podré oír. No te dejo ninguna fotografía ni ninguna señal, del mismo modo que tú no me has dejado nada, y nunca me reconocerás, nunca. Era mi destino en la vida; que lo sea también en la muerte, pues. No quiero llamarte para que acudas en mi última hora, me voy sin que conozcas mi nombre ni mi cara. Muero fácilmente porque tú, desde lejos, no puedes sentirlo. Si te lamentaras por mi muerte, no podría hacerlo.

Ya no puedo seguir escribiendo..., me pesa tanto la cabeza..., me duelen las articulaciones, tengo fiebre..., creo que tendré que tumbarme enseguida. Quizá todo acabe pronto, quizás el azar me será favorable por una vez y no tendré que ver cómo se llevan al niño... No puedo escribir más. Adiós, querido, adiós, gracias... A pesar de todo, no ha estado tan mal que las cosas hayan ido de esta forma..., te lo agradeceré hasta mi último suspiro. Me siento bien: te lo he dicho todo, ahora sabes..., no, ahora sólo puedes hacerte una idea de cómo te he llegado a querer y, aun así, no te queda ninguna carga de este amor. No me echarás de menos..., eso me consuela, no cambiará nada en tu vida, tan bonita y luminosa..., no te causo ningún daño con mi muerte..., ¡oh, querido, esto me consuela!

Pero ¿quién... quién te enviará ahora las rosas blancas por tu cumpleaños? Ay, el jarrón estará vacío. Ese pequeño halo de mi vida que te llega una vez al año, eso también se irá. Amor mío, escúchame, te lo suplico…, es la primera y última cosa que te pido…, hazlo por mí, cada cumpleaños, ese día en que uno siempre piensa en sí mismo, coge unas rosas y ponlas en el jarrón. Hazlo, querido, hazlo así, igual que otros hacen que se cante una misa una vez al año para su difunta querida. Yo ya no creo en Dios ni quiero ninguna misa, sólo creo en ti, sólo te quiero a ti y sólo quiero continuar viviendo dentro de ti…, ay, sólo un día al año, muy, muy silenciosamente, como siempre he vivido a tu lado… Te lo suplico, hazlo, querido…, es la primera y última cosa que te pido…, te lo agradezco…, te quiero… te quiero…, adiós.

Él dejó caer la carta, las manos le temblaban. Estuvo cavilando durante un buen rato. Recordaba vagamente a una niña vecina suya, a una joven, a una mujer que había encontrado en un local nocturno, pero era un recuerdo poco preciso y desdibujado, como una piedra que tiembla en el fondo del agua que corre y cuya forma no acaba de distinguirse. Eran sombras que brotaban abundantemente, que iban y venían, pero no fue capaz de hacerse una imagen concreta. Recordaba ciertos sentimientos y, aun así, no conseguía reconstruir todo aquello. Era como si todas esas figuras hubiesen aparecido en un sueño, como si las hubiera soñado a menudo y profundamente, pero sólo como si las hubiese soñado.

Entonces su mirada se posó en el jarrón azul que tenía ante él, encima del escritorio. Estaba vacío, por primera vez desde hacía años estaba vacío en el día de su cumpleaños, y se asustó: fue como si, de repente, se hubiese abierto una puerta invisible y un golpe de aire frío hubiera penetrado desde el más allá en su tranquila habitación. Sintió a la muerte y sintió un amor inmortal: algo le atravesó el alma y pensó en aquella mujer invisible, etérea y apasionada como el recuerdo de una lejana melodía.

ESTA REIMPRESIÓN, VIGESIMOPRIMERA,
DE «CARTA DE UNA DESCONOCIDA», DE STEFAN
ZWEIG, SE TERMINÓ DE IMPRIMIR
EN CAPELLADES EN EL
MES DE FEBRERO
DEL AÑO
2023

MENDEL EL DE LOS LIBROS

VIAJE AL PASADO

¿FUE ÉL?

LOS MILAGROS DE LA VIDA

LAS HERMANAS
«CONTE DROLATIQUE»

NOVELAS

CONFUSIÓN DE SENTIMIENTOS
APUNTES PERSONALES DEL CONSEJERO
PRIVADO R. V. D.

UNA HISTORIA CREPUSCULAR

CLARISSA

MIEDO

UNA BODA EN LYON

TEATRO
JEREMÍAS
POEMA DRAMÁTICO
EN NUEVE CUADROS

Colección Narrativa del Acantilado
Últimos títulos